OYE, MURO

OYE, MURO

A los artistas callejeros de todo el mundo: gracias por su creatividad,

valentía, activismo y habilidad para dar inicio a una conversación

—*S. V.*

A "El gran C", Christopher John Alteri

—*J. P.*

Un sello editorial de la División Infantil de Simon & Schuster

1230 Avenida de las Américas, Nueva York, Nueva York 10020

Copyright del texto © 2018 por Susan Verde

Copyright de las ilustraciones © 2018 por John Parra

Copyright de la traducción © 2020 por Simon & Schuster, Inc.

Originalmente publicado en 2018 por Simon & Schuster Books for Young Readers como *Hey, Wall*

Traducción de Alexis Romay

Todos los derechos reservados, incluido el derecho a la reproducción total o parcial en cualquier formato.

SIMON & SCHUSTER BOOKS FOR YOUNG READERS es una marca de Simon & Schuster, Inc.

Para obtener información respecto a descuentos especiales en ventas al por mayor, diríjase a Simon & Schuster Special Sales a 1-866-506-1949 o a la siguiente dirección electrónica: business@simonandschuster.com.

El Simon & Schuster Speakers Bureau puede traer autores a su evento en vivo. Para obtener más información o para reservar a un autor, póngase en contacto con Simon & Schuster Speakers Bureau: 1-866-248-3049 o visite nuestra página web: www.simonspeakers.com.

También disponible en edición de tapa dura de Simon & Schuster Books for Young Readers

Diseño del libro: Laurent Linn

El texto de este libro usa la fuente Clearface Gothic LT Std.

Las ilustraciones de este libro fueron hechas en acrílico sobre cartón.

Hecho en China

0420 SCP

Primera edición en español en tapa rústica de Simon & Schuster Books for Young Readers julio de 2020

2 4 6 8 10 9 7 5 3 1

Library of Congress Cataloging-in-Publication Data

Names: Verde, Susan, author. | Parra, John, illustrator. | Romay, Alexis, translator.

Title: Oye, muro : un cuento de arte y comunidad / escrito por Susan Verde ; ilustrado por John Parra ; traducción de Alexis Romay.

Other titles: Hey, wall. Spanish

Description: First edition. | New York : Simon & Schuster Books for Young Readers, [2020] | "A Paula Wiseman Book." | Audience: Ages 4–8. | Audience: Grades 2–3. | Summary: Armed with pencils, paints, dreams, and Abuela Addy's memories of how beautiful the neighborhood once was, a boy and his neighbors paint the big wall that had been cold, empty, and cheerless.

Identifiers: LCCN 2020000167 (print) | LCCN 2020000168 (ebook) |

ISBN 9781534468450 (hardback) | ISBN 9781534468467 (paperback) | ISBN 9781534468627 (ebook)

Subjects: CYAC: Walls—Fiction. | Street art—Fiction. | Neighborhoods—Fiction. | City and town life—Fiction. | Spanish language materials.

Classification: LCC PZ73 .V393 2020 (print) | LCC PZ73 (ebook) | DDC [E]—dc23

OYE, MÚRO

Un cuento de arte y comunidad

ESCRITO POR **Susan Verde**

ILUSTRADO POR **John Parra**

TRADUCCIÓN DE **Alexis Romay**

A Paula Wiseman Book

SIMON & SCHUSTER BOOKS FOR YOUNG READERS

New York   London   Toronto   Sydney   New Delhi

¡Oye, Muro!

Eres **GRANDE**.
Tan **GRANDE** como una cuadra.
Una cuadra de mi ciudad.

Tal vez hace tiempo tuviste mucho estilo,
pero nadie se ha ocupado de ti.
No da gusto mirarte.
Eres frío,
viejo,
estás vacío.

¡Oye, Muro!

En el otoño, James y yo patinamos lo más rápido posible al pasarte por delante cuando regresamos a casa de la escuela.

En el invierno, la nieve sucia
se amontona frente a ti.

Nadie la quita. Danny y sus amigas de la cuadra
hacen muñecos de nieve en otras aceras.

En la primavera, la abuela Addy se bebe su té con hielo en los escalones de la entrada. Habla de la época en que nuestro barrio era hermoso.

¡De cuando tú eras hermoso!

En el verano, el camión del helado pasa de largo.
Lo perseguimos hasta un sitio lejos de ti, en donde
dejamos que el helado se nos derrita en la lengua.

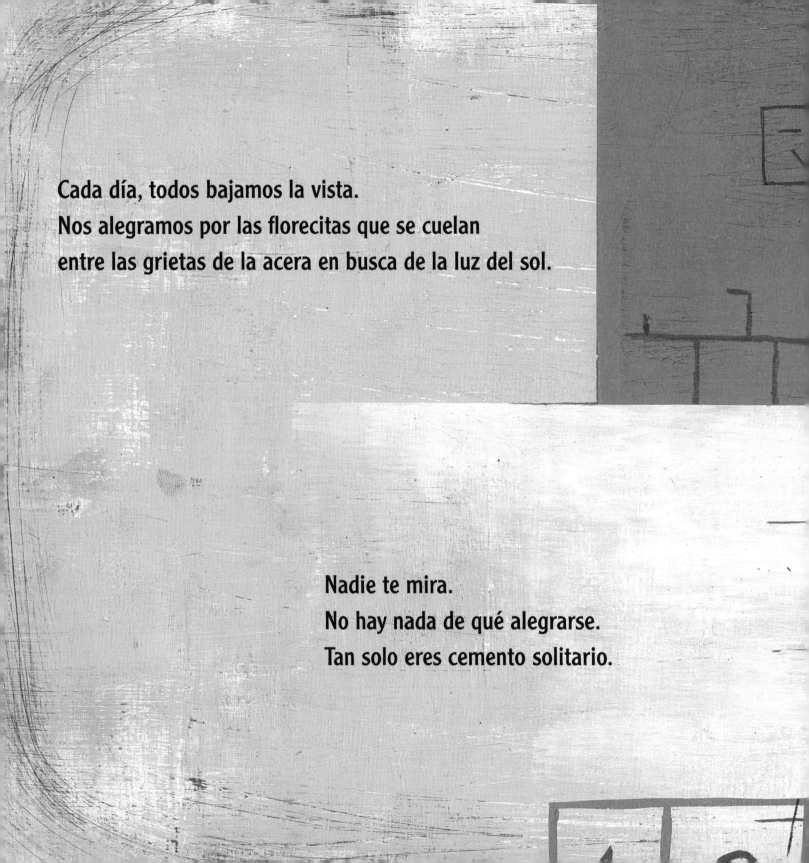

Cada día, todos bajamos la vista.
Nos alegramos por las florecitas que se cuelan
entre las grietas de la acera en busca de la luz del sol.

Nadie te mira.
No hay nada de qué alegrarse.
Tan solo eres cemento solitario.

¡Oye, Muro!

Cuando estamos dentro con
familia, amigos y vecinos,
hay cariño;
hay alegría.

¿Hueles lo que cocinamos?
Nos lo comemos juntos.
¿Oyes las anécdotas que compartimos sobre
cómo solían ser las cosas?
Contamos chistes
y nos doblamos de la risa.

¿Oyes nuestra música?
Bailamos salsa.
Bailamos hip-hop.
Nos mareamos de dar tantas vueltas.

Queremos salir a la calle,
pero tú no bailas.
No te ríes.
No compartes tus anécdotas.

¡Oye, Muro!

¿Quieres que te diga una cosa?

Estoy listo para cambiar *todo* eso.

Tengo mi lápiz.
Tengo mis pinturas.
Tengo mis sueños.

Soy un escritor, un creador,
alguien que cambia las reglas del juego,
alguien que cambia *los muros*.

James y Danny trajeron sus bocetos.
Abuela Addy trajo sus recuerdos.
Todos trajimos nuestras ideas y nuestra imaginación.

Te echamos un último vistazo
y entonces comenzamos.

Convoco a mi familia, mis amigos, mis vecinos.
Nos plantamos frente a ti
y te miramos fijamente.

Ahora eres nuestro muro.

Te has convertido en nuestro lienzo en blanco.

Tus grietas y tus bultos y tus
bordes ásperos
son nuestro borrón y cuenta nueva.

Encaramados en escaleras
y a ras de suelo.
Enseguida, te hemos llenado de colores,
creaciones, energía.

Eres de piedra, pero no tienes por qué ser *duro*.

Ahora cuentas *nuestra* historia *verdadera*.

¡Y juntos somos algo que da gusto ver!

Ángel

Una nota de la autora

Desde que tengo memoria, mi vida siempre ha estado llena de arte. Crecí en el corazón de Greenwich Village en la ciudad de Nueva York y tuve la suerte de visitar galerías y museos con mis padres y en excursiones escolares. Pero no fue sólo en esos edificios en donde encontré arte. Con cada viaje en el metro veía letras en forma de burbujas y los "tags" o firmas de la gente escritos a los lados de los vagones. Con cada paseo por nuestro vecindario veía paredes y muros cubiertos de imágenes coloridas. Podía descifrar algunas y otras eran abstractas, pero cada cual parecía importante e intrigante, como un idioma secreto. Me fascinaba que un muro pudiese ser un lienzo y cómo lo que se pintaba en ese lienzo hacía que el vecindario o la cuadra lucieran como un museo al aire libre.

En cuarto grado, mi clase creó un mural en el muro de nuestro patio de recreo. Cada uno de nosotros escogió un elemento de Nueva York que queríamos pintar y luego fuimos de excursión a ver y bocetar lo que habíamos escogido. Yo elegí el puente de Manhattan. A partir de ahí, hicimos una maqueta en clase para decidir dónde iría cada cosa ¡y después nos tocó pintarlo en el muro! Fue una experiencia maravillosa para mí, no sólo porque siendo niños estábamos a cargo del diseño y la creación de este mural, sino porque al final habíamos transformado nuestro patio de recreo. El mural nos hizo sentir orgullosos y que teníamos una conexión entre nosotros y la escuela. Los transeúntes siempre se detenían a admirar nuestro trabajo. Esto afectaba a todo el patio de recreo. Sentí como si nos hubiésemos unido a las filas de los artistas callejeros y los grafiteros. Ahí fue cuando caí en cuenta de que *los niños* tienen la capacidad de crear cambios a través del arte.

Cuando artistas como Keith Haring irrumpieron en la escena, el grafiti, el arte callejero y los murales se volvieron aun más significativos. Keith Haring tenía un estilo juguetón y efervescente a través del cual comunicaba mensajes acerca del mundo que le rodeaba. Su famoso mural de la piscina de la calle Carmine era uno de mis favoritos. Era grande y atrevido, con criaturas que parecían peces y figuras que eran de un estilo muy propio suyo. También creó murales que expresaban temas más serios de la época.

Hay una diferencia entre grafiti y arte callejero y es importante establecer la distinción. El grafiti vino primero y típicamente estaba basado en palabras. Los artistas firmaban con sus "tags" o nombres en lugares, de manera ilegal, pero aun así era un modo de expresión personal con su propio estilo único. El arte callejero fue influido por el grafiti, pero es creado en espacios donde se le ha otorgado permiso o el artista ha recibido permiso para pintar. El arte callejero usa más materiales e imaginería que el grafiti. Ambos ocupan un lugar significativo en la evolución del arte al aire libre y de la expresión personal.

Hoy tenemos festivales que celebran el arte callejero y la pintura de murales y una larga lista de artistas que comparten sus esperanzas, sueños, voces y mensajes a través de esta forma de arte. Está el Colectivo Bushwick en Brooklyn y el Festival de Arte de Basel en Miami, entre otros. Hay incluso una niña de ocho años, Lola la ilustradora, quien deja su marca en el mundo del arte callejero a través de sus murales.

Los muros a menudo separan y dividen. Cuando se les deja al abandono, pueden lucir solitarios y tristes, pero el arte y los artistas tienen el poder de cambiar eso. Un muro en blanco puede convertirse en un lienzo que une y transforma vecindarios y comunidades. Puede convertirse en un sitio de mensajes de esperanza y orgullo, lleno de emoción y personalidad. El arte callejero puede darle vida a un muro.

Mi deseo era escribir un cuento que rindiera tributo al arte callejero y a los artistas. Pero también quería honrar a *los niños*; sus ideas y su creatividad les dan el poder de convertir lo común y corriente en extraordinario. *Oye, Muro* es ese cuento y estoy muy orgulloso de contarlo.

—*S. V.*

Una nota del ilustrador

Crecí a principios de los ochenta en el sur de California. Una de mis memorias más tempranas es la de haber visto murales al aire libre desde el asiento trasero del viejo carro de nuestra familia durante un viaje por carretera. Mis padres viajaban con mis dos hermanos y conmigo recorriendo las autopistas estatales de arriba a abajo, llevándonos por rutas pintorescas y visitando a familiares. En varias ocasiones, pasamos directamente por el centro de Los Ángeles. Ahí, cerca del icónico ayuntamiento de LA, los veía: murales a gran escala que decoraban el paisaje de la ciudad. Tenían composiciones fabulosas, desde coloridas escenas culturales chicanas y urbanas hasta planetas interestelares con columnas griegas flotantes e incluso algunos enormes retratos de individuos pintados con un realismo sorprendente. Los murales estaban ubicados por lo general en paredes y muros cercanos a autopistas y bajo pasos a desnivel; por tanto, eran conocidos como los murales de las autopistas, pintados para celebrar los Juegos Olímpicos que se celebraron a Los Ángeles en 1984. Yo estaba muy impresionado con esas obras. Me preguntaba: «¿cómo alguien puede crear algo tan grande, tan detallado y tan ESPECTACULAR?». En cada viaje, buscaba más y más murales y arte.

Al convertirme en un jóven adulto, comencé a estudiar arte e historia del arte. Mis maestros y profesores me dieron a conocer más murales, desde los frescos italianos y griegos hasta muchos de mis predilectos muralistas mexicanos, especialmente Diego Rivera. Me enamoré de la belleza, el poder y la historia que proyectaban estas obras. El arte del tamaño de una cuadra tiene una conexión directa y maravillosa con su comunidad. No tienes que visitar un museo o una galería de arte. Los murales de arte están ahí para que los disfrutes desde la calle. Se convierten en parte de nuestras vidas y nuestras conversaciones. Hoy, en cada ciudad que visito, de San Francisco y San Diego a Nueva York y Miami, siempre hay arte para ver.

Una de mis cosas favoritas de haberme convertido en un artista profesional es que puedo conocer a otros artistas fabulosos, algunos de los cuales he admirado durante mucho tiempo. Cuando impartía clases en el Carnegie Art Museum, en Oxnard (California), llevé a mi clase de excursión a visitar el estudio de Frank Romero, un famoso muralista chicano. Cuando lo conocí, le dije lo mucho que me gustaba su obra. Me aseguré de decirle que disfruté especialmente sus murales de la autopista en el centro de Los Ángeles que me habían inspirado hacía tantos años.

Los muralistas como Frank Romero, Diego Rivera y muchos otros han influido mi estilo artístico. El modo en que cuento una historia con imágenes, el modo en que creo una conexión entre el espectador y el sujeto, el modo en que inspiro a los demás a través del concepto y el diseño fue en lo que pensaba mientras creaba el arte para *Oye, Muro*. Espero que disfrutes nuestro cuento y que busques arte público en tu propia comunidad. Y espero que te inspires a crear y compartir tu propio mural.

—*J. P.*

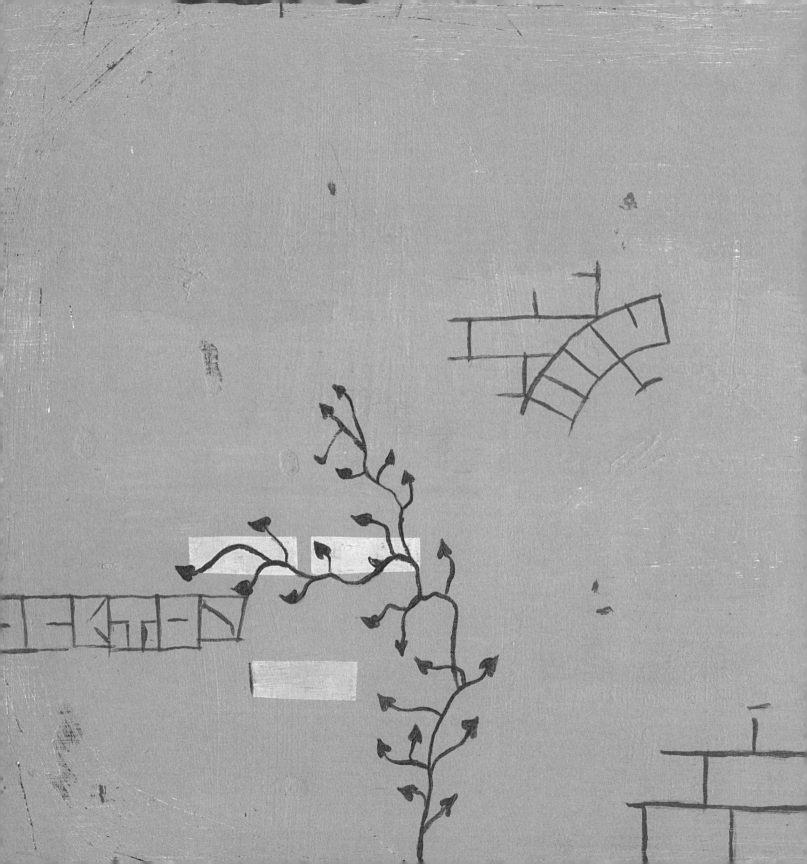